Der Kinderbuchverlag
Berlin

Familie Wolkenstein

Eine
Bilderbuchgeschichte
von Katrin Pieper

mit Bildern
von Konrad Golz

Familie Wolkenstein wohnt in der Sonnenallee Nr. 1.
Das kleine Haus trägt ein rotes Ziegeldach und hat eine
braune Tür, rund und braun wie ein Brot. Auf die Tür
sind eine weiße Wolke und ein blauer Stein gemalt. Das
kleine Haus schmückt ein Spruch: Tritt ein – tritt ein –
bei Wolkenstein.

FAMILIE WOLKENSTEIN –
das sind genau fünf Personen und ein Hund.

Vater Wolkenstein

Mutter Wolkenstein

Nina

Mimi

Martin

und der Pudel Pubsi.

Vater Wolkenstein fährt jeden Morgen das Brot aus der Brotfabrik in die Kaufhallen.

Aber was heißt – jeden Morgen, jede Nacht müßte man besser sagen. Alles schläft noch, sogar die Vögel in den Bäumen sind noch still, da belädt er sein Auto schon mit braunem und weißem Brot, mit Brötchen, Hörnchen, Salzstangen und fährt alles in die Kaufhallen. Ist sein

Lieferwagen leer, geht es wieder zurück zur Fabrik, um neues Brot zu holen. Wenn der Tag beginnt, dann sind in den Kaufhallen die Backwaren gestapelt, und es gibt Brot genug für alle.

Zufrieden sitzt Vater Wolkenstein in seinem Auto. Neben ihm liegt ein kleiner weißer Beutel. Darin sind die Brötchen für das Frühstück.

Mutter Wolkenstein hört das Brotauto schon von weitem. Sie springt aus dem Bett, setzt das Kaffeewasser auf und ist schnell mit dem Waschen und dem Anziehen fertig.

Sie weckt Nina, Mimi und Martin. Pubsi muß sie nicht wecken, denn der macht schon seinen Morgenspaziergang.

Dann frühstückt die ganze Familie, bis der Kuckuck den Kopf aus der Kuckucksuhr steckt und siebenmal ruft.

Nun ist es Zeit zu gehen. Mutter Wolkenstein geht zu den kranken Kindern ins Krankenhaus. Sie ist Krankenschwester. Die Kinder sagen Schwester Lina zu ihr und bekommen jeden Tag eine neue Geschichte vom Pudel Pubsi erzählt.

Nina, Mimi und Martin gehen in den Kindergarten.
Pubsi bleibt zu Hause.
Ruhe zieht ein. Vater Wolkenstein greift zur Zeitung
und streckt die Beine weit unter den Tisch.
„Schön", sagt Vater Wolkenstein, und Pubsi bekommt
noch ein Brötchen.

Bald wird etwas anders sein. Martin wird allein in den Kindergarten gehen müssen. Am Sonnabend kommen Nina und Mimi zur Schule.

„Wirst du den Weg wissen?" fragt Mimi.

Martin nickt, aber er antwortet nicht.

„Wirst du dich auch nicht graulen?" fragt Nina.

Martin schüttelt den Kopf, aber er antwortet nicht.

Die Mädchen gucken Martin an. Martin guckt zu Boden.

„Er hat eine rote Nase", sagt Mimi.

„Er wird doch nicht etwa heulen", sagt Nina.

Sie zuppeln Martin an den Ohren.

„Zeig uns den Weg", fordert Nina, „du mußt ihn doch kennen!"

Martin flüstert:
„Erst kommt der braune Hund,

dann der Baum mit den vielen Spatzen und dann die dicke Katze. Da ist dann der Kindergarten."

Die Kinder laufen die Straße entlang.
„Wo ist der braune Hund?" fragt Nina.
„Aber sonst war er immer da", sagt Martin.
Die Mädchen gucken rundherum.
„Heute ist er nicht da", sagt Nina.

Martin und die Mädchen laufen weiter.
„Wo ist der Spatzenbaum?" fragt Mimi.
Martin guckt auf alle Bäume. Keine Spatzen schilpen.
Tränen kullern über Martins Wangen. „Dabei war doch
gestern der ganze Baum voll", schluchzt er.
„Und eine dicke Katze hab ich sowieso nicht gesehen",
sagt Nina.
„Du bist doof", sagt Mimi.
„Jawohl, doof", sagt Nina.
Sie nehmen Martin an die Hand, und schon sind sie mit
ihm um die Ecke. Da ist der Kindergarten. Nina schiebt
Martin in das Zimmer der mittleren Gruppe. Bald schon
wird Martin der großen Gruppe angehören. Was soll nur
werden!

Abends hat Martin keinen Hunger.

Abends kann Martin nicht einschlafen. Er hört die Mädchen erzählen und lachen. Leise kommt die Mutter.

„Schläfst noch nicht?" fragt sie.

„Kann nicht", sagt Martin.

Die Mutter guckt ihn aufmerksam an.

„Ist etwas?" fragt sie.

„Ich weiß den Weg zum Kindergarten nicht", flüstert Martin.

„Weißt ihn nicht?" staunt die Mutter.

„Nur wenn der Hund, die Spatzen und die Katze da sind. Aber heute waren sie nicht da."

Die Mutter denkt nach.

„Es ist nur ein kurzer Weg", sagt sie, „merk dir doch

Dinge, die immer an Ort und Stelle sind." Martin denkt sich die Straße herauf und herunter, aber alles, was ihm einfällt, läuft oder fliegt weg.

„Am Ende der Straße", sagt da die Mutter, „steht ein Haus mit drei Schornsteinen. Zwei großen und einem kleinen. Wenn du an diesem Haus bist, biegst du nur noch um die Ecke. Da ist dann der Kindergarten."

„Drei Schornsteine", sagt Martin, „das sind Nina, Mimi und ich."

„So geht das auch", sagt die Mutter und legt ihre Hand sanft an Martins Wange.

Martin ist froh. Er hört die Mädchen nebenan kichern und Pubsi vor seinem Bett schnarchen. Martin kann jetzt schlafen.

Am Morgen hat es Martin eilig.

Nur einen Happs in das Brötchen, nur einen Schluck vom Tee.

Die Mutter gibt ihm eine Stulle mehr mit.

„Kannst sie ja später essen", sagt sie und lächelt.

„Wieso denn so fix?" fragt der Vater.

„Heute bringt der große Martin die beiden kleinen Mädchen zum Kindergarten", sagt die Mutter.

Dann geht es los. Nina und Mimi nehmen Martin bei der Hand.

„Wohin, wohin geht nur der Weg", klagt Nina.

„Wohin, wohin führt nur der Steg", jammert Mimi.

Martin läuft, sein Herz klopft. Die Straße ist bald zu

Ende, doch es zeigt sich kein Haus mit drei Schornsteinen.

„Und nun – wohin?" fragt Nina.

„Und nun – was tun?" fragt Mimi.

Martins Augen tränen, so angestrengt guckt er auf die Dächer der Häuser, auf Straße und Bäume.

Auf einmal sieht er das Haus, sieht er die drei Schornsteine. Martin läßt die Mädchen los und läuft ihnen davon, erst vor dem Kindergarten holen sie ihn ein.

„Jetzt weißt du es?" fragt Nina und zuppelt Martins linkes Ohr.

„Jetzt weißt du es?" fragt Mimi und zuppelt Martins rechtes Ohr.

„Jetzt weiß ich es!" sagt Martin und kneift die Mädchen in die Nasenspitzen. Dann läuft er flink in das Spielzimmer der mittleren Gruppe. Bald schon wird Martin zur großen Gruppe gehören.

Am Sonnabend ist Einschulung.

Nina und Mimi ziehen schon früh ihre neuen Kleider an.

Aus den großen roten Schultüten duftet die Schokolade. Pubsi schnuppert und kann gar nicht mehr die Nase von ihnen lassen. Nina guckt ungeduldig die Mutter an. Noch sind Lockenwickler im Haar, noch hängt das Blauseidene im Schrank.

„Wir haben doch noch Zeit", beruhigt sie die Mutter.

„Wir können auch mit dem Brotauto fahren", sagt der Vater, „da passen wir alle hinein."

„Dann sieht uns doch kein Mensch", sagt Mimi empört.

Da steht die Mutter schnell auf und geht sich umziehen.

Nina und Mimi drehen sich vor dem Spiegel und käm-
men sich zum hundertsten Male die Haare. Der Vater
und Martin gehen ein bißchen vor das Haus, und Pubsi
schnuffelt an den Bäumen entlang. Soviel Zeit ist noch.

Aber dann kommt die Mutter, und der Vater sagt bewundernd: „Haben wir nicht eine schöne Mutter?"
„Hauptsache, die Lockenwickler sind raus", sagt Mimi.
Die Eltern nehmen die Schultüten, der Vater will das Haus abschließen, da sagt die Mutter: „Moment mal", und läuft zurück.
„So ist das immer", sagt Nina.
„Gar nicht", sagt Martin böse.

Die Mutter kommt auch schon zurück und hat zur großen roten noch eine kleine grüne Schultüte im Arm.
Die Kinder und der Vater lachen.
„Wächst die noch?" fragt der Vater.
„Abwarten", sagt die Mutter, „vielleicht hat noch jemand seinen ersten Schultag."
Martin denkt an den Kindergarten. Ab Montag gehört er zur großen Gruppe. Aber das wird die Mutter sicher nicht meinen.

Auf dem Schulhof stehen viele Kinder:
die Kleinen, die noch zugucken, so wie
Martin; die Großen, die heut
eingeschult werden, so wie
Nina und Mimi.
Auf dem Schulhof stehen die Mütter
und Väter, die Omas und Opas,
die Onkel und Tanten. Alle gucken
sie den Kindern zu und erzählen von
ihrer Schulzeit, das ist lange her.

Nina und Mimi gehören zur Klasse 1a. In Zweierreihen stehen die Kinder und trippeln aufgeregt von einem Fuß auf den anderen. Vater und Mutter Wolkenstein betrachten stolz ihre Mädchen. Da ruft Martin: „Das ist doch Frau Schmittchen!"

„Du kennst sie?" fragt die Mutter.

„Sie wohnt in dem Haus mit dem Spatzenbaum", sagt Martin.

Indessen guckt Frau Schmittchen ihre neuen Klassenkinder genau an. Nina und Mimi guckt sie besonders genau an.

„Kenn ich euch?" fragt sie die Mädchen.

Da hält es Martin nicht länger aus.

Er stellt sich dazu. „Sie wohnen am Spatzenbaum, nicht?"

„Richtig", sagt Frau Schmittchen, „woher weißt du das?"

„Ich sehe Sie doch jeden Morgen, wenn wir zum Kindergarten gehen", antwortet Martin.

„Jetzt geht er allein", sagt Nina.

„Und er weiß den Weg ganz genau", sagt Mimi.

„Das werden meine Kinder noch lernen müssen", sagt Frau Schmittchen.

„Sie weinen manchmal, wenn sie im Kindergarten sind", sagt Martin. Frau Schmittchens Gesicht wird traurig.

„Ich weiß", sagt sie, „die Kindergärtnerin hat es mir erzählt. Sie müssen sich erst gewöhnen. Bis jetzt waren wir immer zu Hause."

Nina guckt Frau Schmittchen nachdenklich an.

„Dann sind Sie auch neu hier?" fragt sie.

Frau Schmittchen nickt. „Es ist mein erster Schultag."

„Freuen Sie sich?" fragt Mimi.

„Sehr", sagt Frau Schmittchen. „Das hab ich doch einmal gelernt. Lehrer bin ich gern."

Die Schulklingel ertönt, die Kinder gehen mit den Lehrern ins Schulhaus. Der Hof ist mit einem Mal viel größer.

Eine Stunde kann lang sein oder auch kurz, es kommt darauf an, was geschieht. Martin denkt, die Stunde dauert den ganzen Tag. Dann endlich öffnen sich die Türen, und die Schüler der ersten Klassen stürzen hinaus, ihren Schultüten entgegen. Nina bekommt eine rote Schultüte und Mimi eine. Beide bekommen einen Kuß dazu.

„Und die kleine grüne?" fragt der Vater.

Ehe die Mutter antworten kann, greift Martin sich die grüne Schultüte. Er weiß noch jemanden, der seinen ersten Schultag hat. Frau Schmittchen bekommt die kleine Schultüte.

„Wenn Sie möchten", sagt Martin, „hole ich morgens Ihre Kinder ab. Vielleicht weinen sie dann nicht mehr."

Frau Schmittchen kann vor lauter Freude über Martin und die Schultüte gar nichts sagen. Vor lauter Freude fällt ihr kein Wort ein.

Nina und Mimi holen Martin zurück.

Die Mädchen öffnen ihre Schultüten. „Als erster darfst du", sagen sie.

Dann kehrt die Familie Wolkenstein in das kleine Haus in der Sonnenallee zurück.